오래된
서랍 속에서
날
을 찾다.

펴 낸 날   2025년 01월 07일

지 은 이   이상희
펴 낸 이   이기성
기획편집   서해주, 이지희
표지디자인 서해주
책임마케팅 강보현, 김성욱
펴 낸 곳   도서출판 생각나눔
출판등록   제 2018-000288호
주   소   경기도 고양시 덕양구 청초로 66, 덕은리버워크 B동 1708호, 1709호
전   화   02-325-5100
팩   스   02-325-5101
홈페이지   www.생각나눔.kr
이 메 일   bookmain@think-book.com

• 책값은 표지 뒷면에 표기되어 있습니다.
  ISBN 979-11-7048-818-7 (03810)

이상희 시집

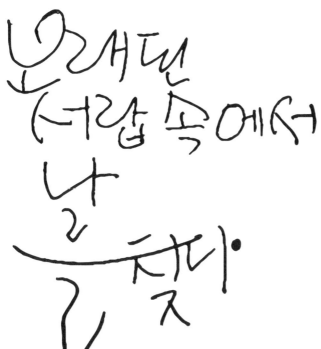

오래된
서랍 속에서
날
z
찾다

어느 날, 마음속에 있는
나의 생각들이 단어를
만들기 시작했다.

생각나눔

머리말

어느 날 마음속에 있는
나의 생각들이 단어를
만들기 시작했다.
단어들은 문장을 만들고
문장들이 모여 하나의
시가 되었다.
내가 모르는
사이에 내 마음속에는 수많은
단어들로 차있었다.
마음의 서랍을
열어서 어질러져 있던 그곳을
정리하고 싶었다.

어떤 단어들은 버려졌고
어떤 단어들은 더 소중히
간직하게 되었다.
오래된 서랍을 열기 위해서는
꼭꼭 숨겨두었던 열쇠가

필요했다.
그러나
그 열쇠를 찾기는 힘들었다.
마침내 열쇠는
찾았지만 바로 열어볼
용기조차 처음에는 생기지
않았다.

서랍 속에 있는 많은 것들도
나였음을 인정하는 그 순간
오래된 마음의 서랍을
열 수 있는 용기가 생겼다.
아직은 마음의 단어들을
꺼내놓기가 부끄럽고
서툴지만, 그것조차도
나이기에
나는 오늘 용기를 내었다.
우리 모두의 마음속에는

꽁꽁 숨겨둔 수많은 감정의
단어들이 있을 것이다.
그것들을 꺼내서 하나씩 하나씩
정리하며
우리는
나를 알고 나를 사랑하게 된다.
부끄럼 가득한 이 작은 시집을
통해
오래된 서랍 속에 있는
또 다른 나를 발견하기를
바라본다.

목
차

머리말 04

첫 번째 서랍	자 연

심 연(深淵) · · · · · · · · · 15
피어야 꽃이지 · · · · · · · · · 16
한순간 한평생 · · · · · · · · · 17
꽃 더미 · · · · · · · · · 18
가랑비, 이슬비 · · · · · · · · · 19
오월은 장미 · · · · · · · · 20
호 수 · · · · · · · · · 22
비상, 그 날개짓 · · · · · · · · 23
농 심 · · · · · · · · · 24
무엇을 기른다는 것 · · · · · · · · 26
꿀벌 한 마리 · · · · · · · · 28
단 비 · · · · · · · · · 29
태 양 · · · · · · · · · · 30
병아리 · · · · · · · · · · 32
무지개 · · · · · · · · · · 33
솔향기 · · · · · · · · · 34
짧은 볕 · · · · · · · · · · 35
비는 안다 · · · · · · · · · · 36

두 번째 서랍 　　　　　　 사 랑

빈 말 · · · · · · · · · · · · · 41

진 주 · · · · · · · · · · · · · 42

마 음 1 · · · · · · · · · · · · 43

그 래 · · · · · · · · · · · · · 44

사 과 · · · · · · · · · · · · · 46

생 일 · · · · · · · · · · · · · 48

약 속 · · · · · · · · · · · · · 49

마 음 2 · · · · · · · · · · · · 50

사 랑 · · · · · · · · · · · · · 51

사랑을 마주하는 자세 · · · · · · 53

그 길 · · · · · · · · · · · · · 54

마 음 3 · · · · · · · · · · · · 55

마 음 4 · · · · · · · · · · · · 56

마 음 5 · · · · · · · · · · · · 57

침 묵 · · · · · · · · · · · · · 58

해바라기 · · · · · · · · · · · 59

비가 내리듯 · · · · · · · · · · 60

듀 엣 · · · · · · · · · · · · · 61

무 음 · · · · · · · · · · · · · 62

연 애 · · · · · · · · · · · · · 64

집 착 · · · · · · · · · · · · · 65

그때와 지금 · · · · · · · · · · 66

마 음 6 · · · · · · · · · · · · 67

우 리 · · · · · · · · · · · · · 68

세 번째 서랍   그리움

그리움 · · · · · · · · · · · · 73

꿈 · · · · · · · · · · · · · · 74

66에서 55로 · · · · · · · · · · 76

연 락 · · · · · · · · · · · · · 77

괜찮아요 · · · · · · · · · · · 78

미련을 버리자 · · · · · · · · · 80

호 흡 · · · · · · · · · · · · · 82

가을은 추억을 신고 · · · · · · · 84

추석 그리고 가을 · · · · · · · 86

네 번째 서랍   일 상

믹스야~ · · · · · · · · · · · 91

내일이 내 것일까! · · · · · · · 92

4월 30일 · · · · · · · · · · 94

인생예보 · · · · · · · · · · · 96

소가 너머간다. 속아 넘어간다 · · · 98

눈의 물 · · · · · · · · · · · 100

파 스 · · · · · · · · · · · · 102

아 침 · · · · · · · · · · · · 103

개 명 · · · · · · · · · · · · 104

여백의 미 · · · · · · · · · · 106

요 술 · · · · · · · · · · · · 108

비 오는 날 · · · · · · · · · · 109

인 생 · · · · · · · · · · · · 110

책 · · · · · · · · · · · · · 111

끼 니 · · · · · · · · · · · · 112

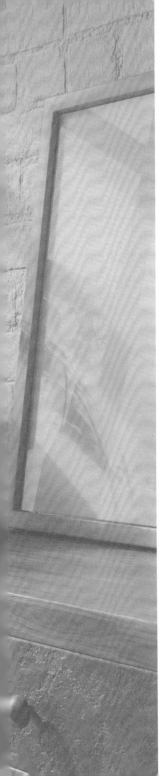

다섯 번째 서랍   나

친정엄마 · · · · · · · · · · · · 117

엄 마 · · · · · · · · · · · · · · 118

작은 침상 보금자리 · · · · · · · · 120

뜯지 못할 선물 · · · · · · · · · · 122

딸 · · · · · · · · · · · · · · · 123

너희 셋 · · · · · · · · · · · · · 125

친정엄마 요양원 입소하신 날 · · · · 126

엄마, 그리고 아이 · · · · · · · · 128

나잇값 · · · · · · · · · · · · · 130

대청마루 · · · · · · · · · · · · 132

돌아가는 길 · · · · · · · · · · · 134

남 자 · · · · · · · · · · · · · · 136

옷 · · · · · · · · · · · · · · · 137

원피스 · · · · · · · · · · · · · 138

소풍 전날 · · · · · · · · · · · · 139

호캉스 · · · · · · · · · · · · · 140

피하고 싶어도 · · · · · · · · · · 141

자전거 · · · · · · · · · · · · · 142

중 년 · · · · · · · · · · · · · · 143

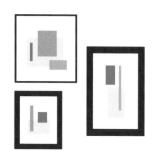

자연

첫 번째 서랍

심연(深淵)

잔잔한 호수 위에 평화로운 연잎
쏟아지는 햇볕은 연잎을 쳐올리고
부서지는 연빛으로 내 눈은 감겨버린다

깊고 깊은 심연 속 뿌리 감추고
진흙탕 그 깊이가 어디까지일지
좀처럼 헤어나오지 못할 구렁텅이를

연잎으로 켜켜이 포개 감춰버리는
그대 마음 나의 마음 심연이로다

진흙 속 숨겨둔 많은 울음들
오랜 후 연꽃으로 피어나리라

피어야 꽃이지

꽁꽁 싸맨 꽃망울에게
아직은 찬바람이 말한다
사람들 너 나오길 기다리지만
정작 얼굴 내민 널 보고는
그저 사진찍기 여념 없을 뿐
꽃잎·꽃술·무늬를 만드느라
겨우내 애썼을 아픔을
사람들은 관심 없단다
그렇게 며칠 피고 지는 널 보면서
인생무상 세월감을 잠시 느낄 뿐
겨우내 숨죽이며 이날 기다렸을 널
그 누가 알아주겠니?
그래도 피어날 테냐?
금세 잊혀져도 피어날 테냐?
진심 어린 사랑 없이 보기만 해도 피어날 테냐?
아직은 찬바람에게 꽃의 속삭임
그래도 피어야 꽃이지!

한순간 한평생

고속도로 한켠 산불 조심 문구
'산불은 한순간 복구는 한평생'
이 한 줄 만들기 위해 고심했을 누구
쉽사리 망가뜨려 땅 치고 후회 말라는
어떤 이의 읍소가 쟁쟁하구나

한평생 복구가 산불뿐이랴
불타버린
마음인들 몸인들
복구가 되기는 하겠느냐?

그것 무너져 활활 타오를 때
무엇으로 끌 테며
무엇으로 복구할까
거기! 당신!
불 관리 잘하시게
맘이고 몸이고 당신 때문에 불나면
복구 책임지겠소?

꽃 더미

뭉게뭉게 철쭉더미가 시선을 훔친다.
빠알간 꽃 더미는 색깔구름인 양
몽글몽글 피어올라 나를 부른다.
해마다 피어 저 자리에 있었을 텐데
이제야 그것의 아름다움에 감탄을 한다
꽃은 항상 무리 지어 있었다.
꽃집에서도 공원에서도 깊은 산중에서도
항상 제 것들끼리 모여있었다.
하나였다면 필시 외롭고 불쌍했을 터.
색조차 측은했을 것을
외로웠던 누군가는
더미더미 모아놓은 누군가는
외로움을 미리 알았었나 보다
쌔빨간 꽃잎에 투영된 외로움은
애잔한 아름다움으로 물들어간다

가랑비, 이슬비

내리는가 싶은데 소리도 없고
그쳤는가 싶으면 아직도 흩날리는

소리노 없이 무게노 없이
그렇게 내리는 우스운 비에도

달랑 한 벌 보잘것없는 옷 젖을까
처마 밑 기둥 뒤로 몸을 감춘다
곧 구름 걷혀 해 나오면
젖은 옷 다 말려줄 테니
행여나
해 안 나올까 괜한 걱정일랑
접어둬야지

저리 가라고 가랑비
이리 오라고 이슬비
갈 건 가고
올 건 또 오는
그렇게
가랑비, 이슬비

오월은 장미

쏟아지는 햇빛을
받을 때마다
더,
더, 검붉게 물들어 가는 너
열렬히 내리쬐는
해의 기운을
오직 너만 받기로
마음먹은 양
도도하고 기품 있는 너의 아우라
검붉은 한 겹 한 겹
뜨거운 사랑은
누군가 '사랑'이라고 속삭이면
금방이라도 떨어질 듯
방울방울 맺혀있는다
너를 버티게 하는
몇 개의 가시들은
꽃 중 꽃이라 부를 수 있게 해주는 고마움이다

호 수

물안개 자욱할 때 넌
비밀을 품은 신비
금방이라도 날아갈 듯
깃털 같은 안개는
마치 돌처럼
묵직하게 너를 감싸 안았다
숨죽인 네 비밀은
안개 밑 고요 속에 그렇게 흘러가겠지
동트는 새벽녘
안개는 바람의 힘으로
떠밀려 가고
그 속 숨겨놓았던
너의 비밀은
반짝이는 보석으로 선을 보인다
미명의 호수. 넌
안개가 걷혀도 신비로구나.

비상, 그 날개짓

허공을 향해 비상하는 날갯짓
더 높이 더 멀리 오르고자
수백, 수천의 힘겨운 날갯짓
몰아쳐 오는 바람의 저항을
온몸으로 받고
그도 힘들 때면 절벽 바위틈에
잠시 쉬었다가
다시 본능적으로 허공을 향해
달음질치는
다시 하늘을 향해 치솟아 오르는
너 날갯짓의 목적지는 어디이며
그 끝은 무엇인가!
활공하는 한 폭의 그림 같은 네가
경이롭다가도 짐짓 애처로워
보이는 것은
희로애락을 품고 멈출 수 없이
활공하고 있는
인생의 날갯짓이 엿보이기 때문이다

농 심

농사의 '농' 자도 모르면서
해마다 봄볕이 내리쬐면
무언가 심고 싶은 욕망이 꿈틀댄다
가지런한 남의 밭고랑이 일렬종대
늘어 서 있는 모습은
내 것이 아니지만 힐링을 선물한다
자고 일어나면 남의 밭고랑은
변화무쌍하다
필시 마술사가 다녀간 듯
어느 날은 황무지가 옥토로 기경되고
어느 날은 까아만 비닐로 옷 입혀있고
어느 날은 가지런히 작물이 심겨있다
농부의 움직임을 보지 못한 나에게
남의 밭은
요술이 펼쳐지는 무대 그 자체이다
해마다 봄볕이 내리쬐면
장날 달려가 상추 몇 가닥 사서
화분에 꽂으며 꿈틀대는 욕망을
해소한다
쭈뼛이 올라오는 꼬물꼬물

상추 이파리가
사랑스러운 미소를 안겨준다
매일 물 한 바가지씩을 퍼 주며
농부의 마음을 흉내 내본다
농사의 '농' 자도 모르는 나는
화분 속 상추를 보며
감히 농부의 마음을 훔친다

무엇을 기른다는 것

누구에게는 한 떼기지만
나에겐 한없이 너른 땅

차라리 긴 겨울 눈 덮여 있을 때가
속 편했지
기경 때가 지났는데
손 놓고 아직도 고민
고민이라는 말도
미안할 지경
그냥 무관심

입으로 주저리 주저리
대농 저리 가라
고추며 사과며 배추를
수차례 수확하고
실체 없는 돈도 많이 벌었지

배운 게 도둑질
여태 해온 거 말곤
손도 못 대는 겁쟁이

세상일이 맘만 갖고
되는 일 없지만

맘이라도 머어아
시늉이라도 낼 수 있다고
또 헛배부르는
마음만 먹어본다.

언젠가는 저 땅에
무언가를 기르고 있을
미래의 나에게 물어본다
좋으냐?
응. 좋구나

꿀벌 한 마리

끊임없이 날아야 해
열매 맺기 위해

꼭대기까지 닿아야 해
꽃을 피우기 위해

수만 번 날개 침이
알알이 활짝 피운 건

작은 벌 한 마리
목숨 바친 결실

한 방울의 달콤함은
수만 리 오가며 떠 온 사랑

작디작은 벌 하나는
대자연 이어주는 다리

너 없으면
나도 없다

단비

한껏 들뜬 주말 약속에
너는 찬물을 끼얹는구나
비야 비야 오지 마라

목마름 삼키며
비 오기만 기다리는
채전밭 주인은
비야 비야 어서 오렴

누구에게는 단비가
누구에게는 야속한

바램과 원망을 오가는
양면이지만

이번에 오는 너는
원망 쏙 빼고
단비로 맞이할게
어서 와

태 양

이글거리는 뜨거움을
분출하려
이른 아침부터 열심이구나

너를 피해보려고
안간힘을 쓰지만
강력한 파워에 맥이 풀린다

얼음 띄운 구수한 미숫가루
한 사발을
단숨에 들이키니
조금은 네가 식는다

얼마나 있다 갈 건지
있는 동안 곡식들에게
좋은 일 많이 해 다오

내가 널 피한다고
서운해하진 말아

꼭 필요하지만
거리를 둬야만 살 수 있음을
나도 너도 알잖아

병아리

저 많은 암탉들 중
내 어미인 것을
알을 까고 나오자마자
안다
느낀다

이리 가면 이리 가고
저리 가면 저리 가고
작디작은 새끼들이
어지간히 사랑스럽다

따를 존재가 존재하는 것
무한 든든
무한 안정
무한 평안

병풍 같은 날개 아래
품어진다는 것
세상 두려울 것 없는
자신만만
저 작은 존재들이
한없이 부럽다

무지개

갑자기 쏟아진 소나기 한 줄금
세차게 뿌린 뒤

산마루 위 무지개 본다면
숨겨진 희망을 찾은 듯
입가에 미소가 번지고

일곱 빛깔을 세어보려
눈을 지그시 감았지

일곱 빛 색깔은 선명치 않으나
분명 그 색이 다 있을 거야

나의 삶 어디에도
분명하진 않지만 존재하고 있을
꿈, 희망처럼

솔향기

고사리손으로 솔잎 한 줌을
뜯어서
바구니에 살포시 담고
손바닥을 맡는다
코끝 시원해지는 내음이
폐 속 깊은 곳까지 내려가 정화가 된다
송편 한 시루에 솔잎 두어 줌을
흩뿌린 후
가마솥 진한 열기로 한 소큼
쪄낸 송편에서
내 손바닥 냄새가 난다
수십 년 흐른 지금
솔향기는 코끝을
떠나지 않고 머무르다가
해마다 이맘때면
추억을 여는 열쇠가 되어
그 문을 열곤 한다

짧은 볕

비춰지는가 싶으면
사라지고
따숩다고 느껴지는가 싶더니
이내 서늘해진다

겨울로 향하는
길목에
아련한 짧은 볕 한 줌
다가서면 사라지는
아지랑이 볕

더 비춰주길 바라는
마음은
아쉬움에 허기를 느끼지만
그 짧은 볕
한순간이라도
내게는 숨 쉬는 찰나

비는 안다

비는 안다
소리 없는 울음을
미동 없는 고통을
비는 알고 있다.

세차게 뿌릴 때는
내 아픔을 느끼기라도 한 듯
창을 깰 기세로 쏟아붓는다

비는 알고 있다
슬픔의 높이와
외로움의 깊이를
이미 다 알고 있는 비는
내릴 때를 기다렸다.

흐르는 눈물을
감춰 주고 싶을 때
흐느끼는 소리를
막아 주고 싶을 때
그때를 비는 잘 알고 있다

비가 내리는 오늘은
비가 기다린 그때이다
오늘만큼은 눈물을 흘리고
흐느껴도 괜찮다
오늘은
하루 종일 내 편인 비가 있기
때문이다.

사랑

두 번째 서랍

빈 말

사랑하니 생각나네

좋아하니 보고 싶네

걱정 돼서 널 위해 기도했어

멋지다 참아내는 네 모습

최고다 지침 없는 네 열정

힘들지? 힘내! 도와줄게

빈말이라도 좋으니

조금씩 하고 살자

빈말도 자꾸 하면 진심이 되더라

흉내도 자꾸 하면 내 것이 되더라

낯은 간지러울지언정

돈 드는 것 아니니

무덤덤하지 말고 친근함 가져보자

진 주

너 담고
나 담아
고통으로 뒤덮은 몸
쓴 물로 목욕하여

하루에 하루 더하고
한밤에 또 한밤 보태면

너 담은
나 담은
그 고통이
영롱한 빛
고운
눈물 보석이 되리

마음 1

문자로 사는 세상
'안녕.'과
'안녕~'은
느낌이 사뭇 다르지

썼다 지웠다를 서너 번
고뇌와 고심을 다해 전했거늘
답장에 적힌 단 한 글자
'응.'
'응~'이었으면 괜찮았으려나?

이해하고 보냈을 거라 생각하다가도
성의 빼버린 무색한 한 글자
열 마디 욕보다 더 속이 뒤틀리는 건
나쁜이려나?

언제부터일까!
글자 뒤 붙어있는
이모티콘 하나에도
마음을 엿볼 수 있는
독심이 생겨버려
불편하기 짝이 없다

그 래

그래 네가 맞다.
그래 네 말이 맞아.
그래 그렇게 해.
그래 그게 좋겠어.
그래 그거면 됐어.
그래 그래도 돼.
그래 네가 좋다면
그래 난 괜찮아.

아무렴 어때 넌 내 사랑인데
다 이해하고
마음으로 다 받아줄게
마음이 클 필요 있니?
너 하나 받아줄 만큼만 있으면 되지
그만큼은 돼
그러니 괜찮아 난
그게 행복하니까

그런데 말이야
원래부터 그런 건 아니야

나도 널 받아줄 마음의 방을
조금씩 치우며
공간 만드는 일을
매일 쉬지 않고 하는 중이야
마음을 비우면
다른 게 채워져서
또 치워야 하지만
그래도 매일 너 생각하며
방을 치우지
왜냐면
널 받아줘야 하니까
넌 내 사랑이잖아

그러나
솔직히 고백하면 말이야
쓸고 닦고 버리며
마음 방 치우는 일이
그닥 쉽지는 않더라

사 과

변명은 하지 마
침묵했던 순간에
이미 다 알아버렸어

미안하다
그 한마디면
차고도 넘치니까

핑계는 대지 마
내 앞에 선 네 얼굴에
그림자만 덧입힐 뿐

미안했다
그 한마디면
차고도 넘치니까

그 말 하러
달려온
지금 이 자리 너 하나면
그것으로 족해

생 일

나 태어난 것에
기쁨을 보태준
나의 반쪽아
꽃으로~
진주로~
편지로~

반차까지 써가며
이 정보
저 정보
섞어 끓인 미역국은
감동 한 사발

세월 먹을수록
더 진해지는
당신 애정에
마음 가득 미안함과
존경을 보낸다

약속

조약돌같이 작은 약속을
지키면
주먹만 한 돌멩이 같은
믿음이 생기고
바위같이 든든한
신뢰가 생기지

조약돌만큼 작다 여기고
약속을 어기면
마음 깊은 곳
돌멩이만 한 틈이 생기고
결국
바위만큼 큰 구멍이 생기지

마음 2

마음 깊은 샘에서 들리는 소리
아무도.
누구도.
듣지 못해.

메아리 되어 퍼지는 파문의 소리는
먹구름 속 천둥처럼
고막을 치다가
이내 비 되어 쏟아 내린다

마음 깊은 샘물 소리
오직 내게만 들린다는 게
그 얼마나 다행인지
무엇을 원하니?
어떠한 것 때문이니?
마음 깊은 샘은
알고 있잖아.
곧 고요함이 찾아올 거야

사 랑

꼭꼭 숨겨놓지만 말고
보여주고
들려주고
말해 줘

보여준다고 닳아?
들려준다고 사라져?
말하는 게 힘들어?

머무를 시간은 정해졌는데
뭘 그리
나중을 찾니!
나중은 오지 않아
지금만이 기회야

자
어서
당신 곁에 있는 사랑에게
표현을 시작해 봐
달달하게~

사랑을 마주하는 자세

10대
호기심 가득 강렬한 태풍

20내
풋풋함에 흔들리는 유리 같은
아름다움

30대
안정감을 갈망하는 실패 없는 진중함

40대
경험에서 우러나는 현실감의 극대화

50대
농익은 원숙함과 존재하는 것들에 대한 감사

60대 이후는
아직 내 옆에 있어준 모든 것에 그저 고마움

그 길

거기엔 기쁨이 있었다
그리고 기쁨에 감춰진
슬픔이 있었다

거기엔 희망이 있었다
그리고 희망에 가려진
절망도 있었다.

거기엔 너와 내가 있다
그리고 세월에 가려진
안녕도 있을 것이다.

감춰진 슬픔
가려진 절망
안녕이라는 인사까지도
모두 사랑이라 여겨지는 순간
그 길은 행복이다.

마 음 3

나에게로부터
흐르는 물줄기는
마음의 줄을 타고
너에게로

가끔 막히는 곳 있으나
세파가 한 번씩 훑고 가면
다시 대로가 뚫리지

막히고 뚫리기를
반복하여
여기 이 자리

뒤를 돌아보니
길은 한 개가 아니었음을
이제야 비로소 보이는 게
눈이 밝아져서인지
마음이 밝아져서인지

마 음 4

분명 동그라미였어
그런데 갑자기
네모로 바뀌어
그러다가 이내
세모가 되지

왜 그런 거야?
지난번에는 분명 동그라미였잖아
너무
자주
바뀌는 너의 마음을
어떻게 헤아리라구!

마음 5

마음 가는 대로
의식이 하라는 대로
남 눈 의식하지 말고
네 마음이 제일 중요해
아무도 뭐라지 않아

그래도 돼?
정말?
내 맘대로 하면
큰코다칠 텐데?
나도
네가
네 맘대로 한다고 하면
겁나
우리 서로 맞춰보자

침 묵

입 다물고 있으면
짐작하게 돼
짐작에 살을 붙이면
걷잡을 수 없는 사실이 돼

그러니까
너의 마음이 무엇인지
보여주고
말해 줘
속 시원하게

해바라기

해바라기는 해를 보고픈 게
마음이야
해만 보고 싶은걸
왜냐고
물으면 할 말이 없어
그게 마음인걸

해를 바라는 게 해바라기잖아
그런데
무슨 말이 더 필요해?
그렇게 마음 가는 대로
바라기하다가
해
떨어지면
고개도 떨굴 테니
너무 해만 보지 말라고
재촉하지 마

비가 내리듯

대지에 비가 내리듯
마음에도 사랑비 내렸으면

내 마음 굳지 않게 해 준다면
장대비 말고
보슬비처럼 가녀려도 좋아

사랑비 내려
마음 땅 촉촉해 질 때
묻혀 있던 씨
꿈틀대 밖으로 피어나는 날

행복에 겨워 흐르는 눈물은
또 다른 사랑 되어
누구에겐가 뿌려지겠지
너에게도
나에게도
그런 사랑비 오늘도 내렸으면

듀엣

난 소프라노
넌 테너
아니 넌 테너라니까
왜 지꾸 소프리노를 해?
자꾸만 내 파트를 불러서
불협화음 만들지만
그래도 난 네가 좋다

무 음

분명
꺼야 할 때가 있다

가끔은 나도
그러니까

널 다급하게 찾을 때
응답이 없으면
발을 동동 구르다가
화가 나고 미워진다고

무심한 너는
평온하기만 한데
나 혼자만 널을 뛴다

무음이라도 한 번쯤
확인하라는
따끔한 텔레파시 보내보지만
도달하지 못하는 모양이다

너 사정이야 있겠지만
나
지금
너의
응답이 필요하다구

연애

뜨겁지 않아도 돼
따뜻한 온기만 있다면
두근거림 없지만
지긋한 관심은 날 설레게 해
그렇게 조금씩 다가왔던 너

집 착

네가 어디 있는지
무얼 하는지
무얼 먹는지
잠은 자는지
아픈 데는 없는지
좋아하니까 신경이 쓰이는데
집착이라고?

그때와 지금

곰삭은 김치가
입맛을 돋게 하고
오래 곤 곰탕이 진국이듯
사랑도 세월의 공기에
숙성이 되는지
요즘 너의 애정 표현은
그때와 다르다
겉절이 같이 풋내나던
예전과 달리
오랜 숙성을 거친
곰삭은 김치마냥
깊고 풍부한 향기가
싫지가 않네

마음 6

그렇게 오래된 마음이었는지
몰랐어~
서로에게 싹튼 마음을
우린 왜 감추려고만 했을까
진작 보이고 서로 사랑하는
시간을 더 일찍 가질걸
용기라는 건 그럴 때 쓰는 건데

우 리

한 걸음 발자국에
한 걸음 추억

큰 웃음 가득 담은
행복한 사진들은

추억 고플 때 꺼내보며
흐뭇한 미소 덧칠해
기억이 바래지지 않기를

낙엽 하나도
특별했던 어제

새파란 배경 만들어준 하늘아
얼룩덜룩한 단풍아
또로록 흐르는 계곡 물아

냄새나는 은행
너조차도
그저 좋았다

이제 겨우
한 페이지이지만
자꾸자꾸 넘기고픈
두터운 추억을
더 많이 약속했으면

그리움

세 번째 서랍

그리움

희미한 추억 어딘가에
고이 머물러 있는 너의 그림자
잡아보려 길게 뻗은 손이
공허 속 허상에 허물어지고
코끝에 전해지는 너의 향기는
바람결에 묻어 도망을 간다

그 먼 시간 속
아직도 그대로인 너
내 쪽으로 끌어당기려
안간힘을 쓰는 미련한 노력을
눈 뜨면 보이는 현실의 회초리가
물거품을 만든다

그리움. 그건 버겁다!

꿈

하고 싶은 말
뱉지 못하고
가고 싶은 발 붙어버려
버둥대는 몸부림

기억의 한 조각
바람 한 줌
한 번만이라도 만지고 싶은
그 염원이
겨우 눈앞에 있건만

맘대로 되지 않는
몸뚱이는
목각 인형처럼
속울음만 삼키며
그냥
그 자리

눈물 젖은 베갯잇 위로
그리움도 같이 적신다

꿈속 너
아직도 거기 있다면
또다시 잠들 때
네 손 잡고 싶구나

66에서 55로

홀연히 떠난 언니 덕에
식음을 전폐하며
보냈던 세월에
옷이 죄다 커져있다
일부러 빼려
안간힘 쓴 게 아닌데
몸이 줄었다

언니를 그리워하면 할수록
몸은 점점 작아지고
옷은 점점 커지고

사람들은 묻는다
비싼 돈 들여 다이어트 했냐고
맞다
억만금 같은 그리움으로
살을 뺐으니
비싼 돈 들인 게 맞지

연 락

거기 있기에 주고
살아 있기에 받는
잘 지내?
한 마디에 따끈함이 묻씬

매일 생각나는 너도
가끔 생각나는 누구도
연락의 끈이 아직은 있기에
우리라고 부를 수 있다

그 끈이 얇아져
기억 저편으로 사라지기 전에
연락의 끈에 한 겹 줄을
덧대어 본다
잘 지내?

괜찮아요

걱정하시는 거보다
잘 지내요
끼니때마다 밥도 먹구요
먹고 싶은 음식 생각도 나요
출근도 잘하고
생각보다 많이 웃기도 해요
드라마도 보구요
피아노도 쳐요
책 읽으며 감동도 받구요
가끔 남 뒷담화도 해요
갑자기
명치가 쿡 쑤시면
억하고 가슴을
부여잡을 때도 있고
잠이 안 와서 뒤척이는 시간이
길어지기도 하지만
생각보다 잘 지내요
터널도 끝이 있듯이
모든 건 끝이 있잖아요
그래서 지금 이 순간을

잘 마주합니다
그러니까
난
괜찮아요

미련을 버리자

붙박이처럼 있던 게
어디 갔지?
버리려고
망설이다 그대로 뒀던
그거
언제 없어졌지?
나
참 기가 막히네
내가 버리려고 한 걸
누가 버려 주면
고마울 법도 한데
한편으로 괜시리
짜증이 난다
내가 버릴 건데
한 번 더 쓰려고 했는데
그냥 두면
요긴할 수도 있는 데
아쉽지만 어쩌겠나
이미 재활용 트럭에
구겨져 실렸을 너

잘 가라
그간 잘 써먹었다
좋은 것으로 다시 태어나
좋은 주인 만나서
골동품 될 때까지 살아남으렴
난
네가 있던 자리에
또 다른 무엇을 놓을지
오늘부터 고민할 테다

호흡

숨 쉬는 동안은
잊지 않기를
그동안만큼은
기억하기를

숨 쉬는 동안
지난날을
추억하며
애잔한 마음으로
그리워하기를

숨 쉬는 동안에는
슬픈 희망도
가져보고
못 이룰 꿈도
꿈꾸며
상상의 세계에
정착해 보기를

호흡하는 동안
너의 시간
너의 공간
너의 사랑이니
그동안에는
아무런 거리낌이 없길

호흡이 허락된
시간이
얼마인지
알 수는 없지만

가을은 추억을 싣고

코끝 전해지는 싸늘한 공기는
그때의 너를 기억하게 하고
그 기억은 잊고 있던 너를
상기시킨다

기억 저편에는
가느다란 미소로 날 보며
잔뜩 움츠린 내 어깨를
살포시 감쌌던
너의 모습이

이만큼 시간이 흘러
걸어온 길조차 까마득한데
그 기억 속에 너는 항상
그대로이다

찬 공기를 처음 느끼는
이맘때가 되면
달력도 필요 없을 만큼
나는 시간을 알아차린다

너
그 자리
아직 머무른 그때로
나
지금 이 자리

추석 그리고 가을

분주한 추석이 지나
한층 무르익는
산을 보다가
들을 보다가
가슴속 깊은 곳에서
뜨거운 김이 솟아오름을 느낀다
추석 지난 어느 날
깊은 땅속에
널 묻던 날
단풍은 그 어느 해보다
붉게 물들었었다
오늘 나의 눈가도
그리움으로 서러움으로
속절없이 붉게 물든다

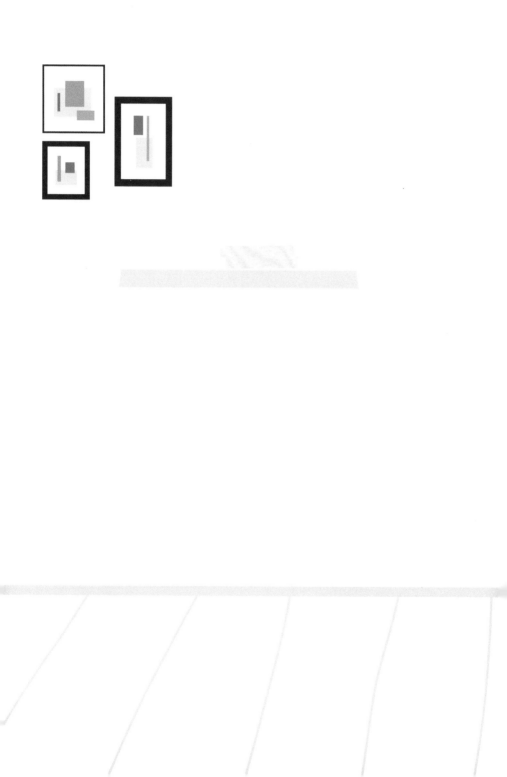

일상

네 번째 서랍

믹스야~

매일 아침 너를 마신다
작은 너 황금비율

아침밥은 걸러도
너는 포기 못 하지
너 하나에 하루를 시작할 힘을 얻기에

누구는 나를 위해 너를 포기하란다
그러나 네가 주는 평안함을
누구는 모르겠지

온갖 스트레스
심란한 마음

10그램 50칼로리 작은 너로 인해
잠시나마 시름 잊을 수 있다면

평생 같이 가도 좋겠다

내일이 내 것일까!

또 하루가 밝았다
나무 사이로 솟는 해를 보며
뭇 희망을 품어본다
오늘의 실수를 참회하며
내일이 오면 오늘을 반복하지 않으리라 밤을 새우고
어제의 내일인 오늘을 마주하고
어제의 후회를 만회하기 위해
솟는 태양 아래 지긋이 마음을 고쳐 매본다
그러나
나는 안다
오늘의 해가 지고 은은한 달빛
비치는 밤이 되면
또다시 오늘을 후회하며 내일이 오기를 기다릴 것을
그렇게 후회를
그렇게 내일을
그러지 않을 줄 알면서도
마치 내일이 한없이 있을 것을
누구에게 보장이라도 받은 듯
어느 드라마에서
"오늘을 살아가세요 눈이 부시게."라고 했던가!

내일은 내 것이 아니고
지금 오늘이 내 것임을
만약 내일이 온다면 그것은
덤으로 주어진 것
오늘도 어제의 덤이니
우리는 분명 누구의 허락됨으로
여기에 있을 것이다
허락된 오늘이 있을 때에
눈이 부시게 살아가 보자

4월 30일

어느 시인이
사월은 잔인한 달이라고 했던가
왜?
항상 의문이었다
겨울 지나 봄이 오는 문턱에서
우리는 희망을 논하는데
잔인이라니?

꽃망울에 휘몰아치는 샘 추위로 인함일까?
동양사상 죽을 '死'의 기운 때문일까?
왜 시인은 그렇게 말했을까!

기지개를 켜는 아침
나는 희망과 설렘으로 하지 못한다
찌뿌둥한 몸과 떠지지 않는 눈꺼풀과
긴 한숨
오늘도 정신없이 돌릴 쳇바퀴 생각에 다시 질끈 감는 눈

긴 밤 겨울의 평화를 깬
이른 아침인 봄은 잔인하다

이불 속 깊숙한 동굴을 벗어나
움직여야만 하는 숙명 같은
하루의 시작인 아침은 참으로 잔인하다

숨죽이고 미동 없이 있은들
그 누가 뭐라 할 이 없는 긴 밤
겨울 벗어나
새로운 무언가를 피게 하고
싹트게 해야 하는 사월은 그래서
잔인한 이유이다

무거운 눈꺼풀로 두려움에 떨던
힘겨운 아침인
잔인한 사월이 지나고 있다

인생예보

차창을 두드리는 빗소리가
내 마음을 뚫는다
잠시 가늘어지더니
이내 후두두득
마음을 훑고 지나는 비는
짙은 여운을 남긴다
요즘 예보는 거의 적중이다
내린다는 시간이 틀림없고
그치는 시간도 맞아떨어지니
삶에도 예보가 있다면
몇 시간 후,
며칠 후를 알려준다면
독이려나? 득이려나?
그걸 안다 한들
무엇을 어찌 대비할까?
안개 같은 앞날을
아는 이 없는 게
얼마나 공평한지
비 온 뒤 갬이 있듯이
인생도 갬이 있음을

빗방울은 다시 한번 세차게
들려준다

소가 너머간다. 속아 넘어간다

하루 종일 풀 뜯고 집 찾아
저 산 너머 떠나는 누런 소
말간 풀 실컷 뜯고 해 질 녘
돌아갈 시간
뉘엿거리는 노을빛에 황소
너도 한 점 노을 되어
그 아름다운 소가 너머간다

지혜로운 현인들이
열 길 물속 알아도 한 길 사람 속
모른다고 했던가!
믿는 도끼에 발등도 찍힌다고?
속아 넘어간다
알고도 모르고도
속아 넘어가는 마음은
노을빛에 물든 황소 궁둥이
아름다움은 고사하고
여물 삶는 열 받은 부뚜막 옆
사정없이 일그러져가는
플라스틱 바가지란 것을

너는 알 턱이 없겠지.
소가 너머간다
속아 넘어간다
같은 소리로 들리는
하늘과 땅
그러나
속아 넘어가 주는
아름다움도 내 몫이려니

눈의 물

어디서 고장이 난 걸까!

눈을 감아도 눈을 떠도
멈추지 않는걸!

어디를 잠가 놓아도
멈추질 않는걸!

머릿속 수전을 힘껏
돌려 막아도
마음속 수전을
막아 보아도

옆구리 터진 곳 흘러내리는 그것을
누구에게 고쳐달라
말해야 할까!

모든 이들에게서 흐르는
그것들이 모여
인생의 강이 만들어지고

누군가는 그 물살에
배를 띄우고

그것의 힘으로 떠밀려가는
그것은 어쩌면 멈춰서는
안 되는
많은 열매의 씨앗이 되는
삶의 에너지일지도~

파 스

어깨가 결릴 때 파스를 붙이란다
모서리에 부딪혔을 때도
파스를 들이민다

타박상, 어깨 결림, 근육통엔 땡땡파스.
티비광고 카피를
온전히 실천하는 누구.
그런데
누구 때문에 상한 마음엔
뭘 바를까?
혹시 마음에도 파스를?
오늘 물파스 한 통을
마셔야겠다.

아 침

또 밝았구나
신선한 아침아
너
언제부터 날 기다렸니

눈을 뜨면 큰 품으로
날
안아주는 너의 내음이
온몸 구석으로 퍼져
내 몸은 새로 부활하여
다시 첫눈을 뜬다

매일 부르는 너의 이름
그래서 당연했던 너의 이름
널 맞이하는 게
영원은 아닐 텐데
그 끝이
언제일지 모르기에
그래서 더 뭉클한 오늘
그 이름도 아름다운
아침

개 명

더러운 것
떼어내고
씻어내고

쓰디쓴
소금물에
담금질하는 고통은
당연한 숙명

눈물 쏙 빼게
매운맛에
된통 뒹굴고 나면

밋밋한 모습
온데간데없는
너의 이름은
열무에서
기막힌
김치가 된다

여백의 미

비운 곳이 아름다운 건
비워진 공간이 안정감을 주기 때문이다
마냥
채우기만 하려고
몰입하는 일상은
여백 없는 삶으로 고통당한다

채우고픈 여백과
비우고픈 채움은
균형이라는 저울에 달려
수평을 애쓴다

인생이라는 백지에
겨우 찍은
'나'라는 점
그리고
나머지의 여백

훗날
그때까지 채우지 못하고

남겨둔 여백이 있다면
그것을
아름다움이라 부를지
미완성이라 부를지

요 술

자고 싶을 때 자고
먹고 싶을 때 먹고
놀고 싶을 때 놀고
가고 싶을 때 가고
마음대로 할 수 있음 좋겠다

비 오는 날

어쩌면 비가 오는 게
다행일지 몰라요
해가 쨍한 날은
내 마음을 들킨 거 같아
부끄러워요

어쩌면 비가 오는 게
다행일지 몰라요
내가 몰래 흘리는 눈물을
감추기 쉽거든요

비바람과 천둥 번개까지
있다면
더 좋을 거 같아요
그땐
울음 소리 흘려도
티 나지 않을 거 같아요

그래서
난
비 오는 날을 좋아하나 봐요

인 생

1절은 푸르름의 알레그로
2절은 싱그러움의 비바체
3절은 단조의 아다지오
4절은 다시 희망의 포르테
나는 지금 4절을 부른다

책

온 신경을 집중하여
주인공이 되어보고
한 줄 한 줄 의미를 되새기고
장면 장면마다 눈시울 적시며
책 속에 빠져들다 보면
한여름 뙤약볕도 서산으로
기울고 있다

끼 니

더운 여름날 한 끼 때우는 것도
일이었던 그 시절
삼복더위에도 아궁이 불 지펴
밥 해먹었던 그 옛날
불볕과 사투 불과의 사투를
벌이며 자식 배 채우시던
우리네 어머님들

인덕션에 전자레인지에
에어프라이기에
불과의 사투 없는 간편조리 천국이지만
그마저도 귀찮은 난
배달의 민족답게
배달을 시킨다

이게 피서지

나

다섯 번째 서랍

친정엄마

사랑하고
미안하고
불쌍하고
안쓰럽고
바보같고
원망스럽고
측은하고
안타까운 친정엄마

엄 마

엄마는 서른일곱에 나를 낳았다
그리고
그해 혼자가 되었다.
그렇게 오십 하고도 삼 년
초등학교 2학년이 되어서야 아버지 없음을 알았다
바보라서가 아니다.
아버지 같은 큰오빠가 늘 있었기 때문이다
그렇게 모든 집도 나처럼 사는 줄 알았다.
그 옛날 학교에선 무슨 조사가 많았다
아버지 없는 사람 손들어
너무도 자신 있게 손을 들던 철없는 작은 아이
그만큼 나에게 빈자리 못 느끼도록
그렇게 엄마가
그렇게 오빠가 바람막이가 되어 주었다
억척같이 악착같이 이 악물고 살았을 우리 엄마!
거친 말 쏟아내고 악바리 같은 모습에
손가락질도 많이 받고
싸움도 욕도 잘하던 우리 엄마!
그렇게 살았어야 함을
그렇게 오남매를 지켰어야 함을

살아보니 알겠더라
상처투성이가 되어 그 누구도 믿지 못하는
고립된 삶을 살아 내야 했던 청상과부의 삶을
오십 넘은 지금 깨알만큼 이해하건만
그 고마움과 그 감사함의
표시도 제대로 못 했는데
병상에 누워버린 우리 엄마!
꼬장꼬장하고 서릿발 같은 목소리로
"야 이년아" 욕하던 모습
평생 갈 줄 알았는데
한순간에 지푸라기 한 개만도 못한
불쌍함이 되어 버린 엄마
이제 그 지푸라기마저 일어서지 못할 영영 이별의 시간 다가옴이
두렵고 무섭고 원망이구나

작은 침상 보금자리

"누구야? 아이구~ 우리 막내네
막내가 왔어 왜 지금 왔어"
며칠 전 아침만 해도
쩌렁쩌렁 소리치시던 분이었는데
하루아침에 고운 소녀가 됐다.
열한 명 손주 손녀
아들딸 사위에 둘러싸여
어눌한 혀로 느릿느릿
"내가 복이 많아
하나님 감사합니다
기분이 너무 좋아요
이렇게 좋을 수가 없어요"
우리 엄마는 이런 고운 소리
할 줄 모르는 사람이었는데
마음속 깊은 곳에 가득가득 쌓아두다가
소녀 된 지금 맘껏 꺼내 보이나 보다
"할머니가 이쁜 치매가 왔네"
하나같이 귀엽다며 웃음을 웃어주니
이것도 감사하여 눈물이 흐른다
나쁜 기억 체에 걸러 다 빼 버리고

아들딸들 손주들 좋은 추억만

되새기니 기쁘고 기가 막혀

가슴이 먹먹하다.

이름 불러가며 어루만지는 손등은 가죽만 남아있는 껍데기가 되

었어도

따뜻한 그 온기엔 사랑이 녹아있다.

"자고 낼 가

여기서 밥도 주고 다 해줘

자고 낼 가"

설움이 목구멍을 치고 올라

눈시울이 뜨거워진다

"애들 데려다주고

다음에 또 올게. 밥 잘 드시고 계셔"

떨리는 목젓 움켜잡고 담담하게 말을 했다.

"그래야지 그래야지

가야 되지. 얼른 가고 또 와"

온 세상을 휘저으며 오남매

울타리 되어주시던 엄마가

이쁜 소녀가 되어 작은 침상 위에서

천국을 맛보는 중이다.

뜯지 못할 선물

내 엄마 뽀오얀 피부에 제격일
자줏빛 꽃자수 고운 스웨터와
폭신폭신 가벼운 까만 꽃신 한 컬레
봄 화사함도 한 움큼 듬뿍 담았다
두려움과 떨림은 담기 싫었지만
떨쳐버릴 새 없이 어느 결에 담겨버렸다
병상에서 집 갈 때 갈아입으시라
고이고이 개켜놓은 고운 옷들은
포장 속 상자에 꽁꽁 갇혀서
내 엄마 몸에 걸쳐지지도 못하는
불쌍한 실뭉치가 되어버렸다
폭신폭신 가벼운 까만 꽃신은
주인 발 들어오기 하세월 기다리다
그렇게 까맣게 굳어가겠지.

딸

온다는 계획 없이
불쑥 찾아온 네가
어찌나 반갑던지

이 좋은 봄날
너의 시간도 황금이었을 텐데
나 위로하겠다고 한걸음에
달려온 너
무척이나 든든했다

사춘기 질풍노도 이삼 년 동안
저게 내 속에서 나온 게 맞는지를 의심하며
너도나도 힘겨울 때 많았지만

지난 역경의 순간들 참아내어
오늘
너와 나의 진주를 만들어내었구나

너는 나의 영원한 친구로
나는 너의 영원한 친구로
우리 그렇게 사랑하자 딸아~

너희 셋

이른 아침 첫 공기는
너희 셋을 닮았어
시원하고 쨍한 공기의 맛은
너희 셋을 볼 때 느껴지는 그것과 같아

너희 셋은 내 삶의 이유이고
한발씩 내딛는 내 걸음의 원동력이야

내 힘이 언제까지일지
내 걸음이 어디까지일지는 모르나
그렇게 옆에서
그렇게 언제까지나

친정엄마 요양원 입소하신 날

"엄마, 오늘 퇴원하실 겨"
"아이고 좋아라. 충희네로 가?"
"아니… 요양원으로 가셔야 돼"
"왜?"
"직장 다녀서 엄마랑 하루 종일 같이 못 있어요"
"그럼 정희네로 가면 안 돼?"
"거기도 바빠서…."
"그럼 상희네로 가면 되지"
"…"
퇴원 날만 기다렸던 어미는
아들네가 아닌 곳으로 간다니
망연자실이다.
애써 받아들이는 눈에는 이슬이 고인다.
다섯 자식 있어 봤자 아무 소용없음이
어미의 가슴을 시리게 했을 거다
보는 자식 마음에도 찬 바람이
들이친다
"엄마~ 여기서 밥 잘 드시고 잘 주무시고
계셔요. 또 올게요"
"그려~ 또 와. 내 얼굴 보러 또 와"

내 새끼 유치원 처음 보내는 날
소지품 여기저기 잘 보이게 썼던 이름을
이제 어미 소지품에 이름을 적고 있다
내 새끼 잘 부탁한다
첫 선생님에게 허리 숙이던 걸
이제 어미 잘 봐달라
마음 다해 머리를 숙인다
저만치 죄책감과 안도감이 뒤엉켜
깊은 바다 미친 너울이 되어
요동을 치고 있다
어미여~ 어미여~
미안하고 미안하오
어미는 여태 내 손 꼭 잡고 놓지 않았건만
나는 어미를 남의 손에 맡겼으니
미안하고 미안하오
돌고 돌아 내가 네가 되고
네 모습이 내 모습 되는 것에 한없이
작아지고 작아지는 우리의 인생

엄마, 그리고 아이

아리 아리랑 쓰리 쓰리랑
어깨를 들썩
눈물을 글썽

이건 우리 막내
저건 우리 큰아들

좋다 좋아
내가 어제 꿈을 잘 꿨어

오늘 뭔 날인데
토요일도 아닌데 웬일이여

호박죽도 맛나다
수박도 맛나다
내가 어제 꿈을 잘 꿨어

어깨를 들썩
눈물을 글썽
좋다 좋아

어릴 적 나 학교 파하고 집에 왔을 때
보이지 않는 엄마를
마루 끝 걸터앉아
울며 기다리다
저만치 장바구니 든
엄마 보이면
한 달음 달려가 와락 안겼지

구십 아이 된 우리 엄마
몇 날 며칠 기다렸을 막내에게
설움에 북받쳐 와락 안기네

아리 아리랑 쓰리쓰리랑
좋다 좋아
어깨를 들썩
눈물을 글썽

나잇값

꼬박꼬박 먹는 것도
서러운데
나이에
값을 매겨서
나잇값을 하라네
그 나이에는 그래야 한다고

어른이 되고 싶어
어른이 된 게 아닌데
어른이니까 그리 해야 된다고
모두가 입을 모아 말하네

난
아직도
어린아이처럼 울고 싶은데
뚝
그치고
어른이 되라네

힘들어도 웃고
화나도 참고
슬퍼도 삼켜주길
기대하면시
그렇게 어른을 하라네

어릴 때는 빨리 어른 되고파
노래를 불렀는데
어른 되고 보니
나이 무게는 천근만근이지만
그 값대로 살아내는 건
참으로 난제다

대청마루

뜨거운 열기
바람 타고 훅
그러나
대청마루 안까지는
못 올라올 테다

엄마 무릎 베고 누우면
흩어진 머리카락
한 올 한 올 넘겨주시고
부채로 살랑살랑 바람 만들어
이마 땀 시원하게 닦아주실 때
마당 나무 매미 소리는
자장가 되어
스르르 잠들어 버렸던
그
대청마루 안까지는
넘보지 못하지

그 열기야
딸내미 더위 식히는

대청마루 같은
우리 엄마 옆에는 얼씬도 못 하지

돌아가는 길

돌아가는 길이 너무 멀다고
포기하지 마세요
거기 기다리는 누군가
당신 오길 고대하고 있으니

돌아가는 길이 너무 버겁다고
주저앉지 마세요
가는 길을 돌이킬
시간이 아직은 남았으니까

이 만큼 온 게 아깝다고
그냥 가지 마세요
거기 끝까지 가서는
마음이 더 힘들 테니까

돌아간다고 창피해하지 말아요
누구도 길은 헤맬 수 있어요
헤매는 걸 부끄러워하는 게
오히려 더 창피한 일이니까

마음먹었다고 무턱대고 애쓰지 마세요
돌아가는 길 나올 때까지
조금만 기다려요
곧 길이 나와요
곧 유턴 표시 나와요

남 자

남자
남편
아들
같지만
전혀 다른 존재
전혀 다른 존재지만
결국 똑같은

남자였을 때
그는 내 그늘
남편 되었을 때
내가 그의 그늘
결국 아들이 되고픈 그

아들은 아들 대로
남편은 남편 대로
여자에게 남자는
참 어렵다

이 어려운 숙제를
잘 풀어낼 수 있을까

옷

옷장 열고
아~ 입을 옷이 없네
널려 있는 건 뭔데?
난 오늘 내 옷을 입고 싶어

가리우지 않은 나
꾸밈 없는 나
그냥 그대로인 나
그런데
너무 나를 감춰버려서
어떤 옷이 내 옷인지
알 수가 없네

어떤 옷을 입어도
내 옷 같기도
내 것이 아닌 것 같기도
나에게 옷을 맞추다가
옷에게 나를 맞추는
그런
무지개 같은 인생

원피스

내 옷장에는
원피스가 한가득 있다
색깔도 디자인도
비슷한 것들만

정장스럽고
격식 갖춘 듯

화려하지 않은
단아함
촌스럽지 않은
세련됨
과하지 않은
멋스러움

그냥
그
한 벌 옷으로
나를 표현하고픈
그런
원피스들이
가득이다.

소풍 전날

내일이 소풍
비 안 오길 밤새 빌었는데
아침 하늘에는 야속한 먹구름
빨아놓은 운동화와
새하얀 바지는
눈치 없이 뽀얗기만 하네
터덜터덜 학교로 가는 길이
한없이 지루하고 먼 것은
소풍이 저 멀리 달아났기 때문이다

호캉스

딱 이틀만
나 혼자만
서비스 빵빵한 데서
머리 좀 식히고 올게
아무도 따라오지 마
나도 나만의 시간을
가져보자구
딱 이틀만
수 년째 꿈만 꾼다

피하고 싶어도

산으로 바다로 더위를 피해 다니듯
우리는 매일 무엇으로부터
도망을 치고 싶다
못 찾을 섯 같은 골목으로
보이지 않을 것 같은 바위틈으로
숨고 숨어도
숨길 수 없는 존재감은
무섭게 나를 찾아낸다.
엄마로 아내로 누구누구로
갖가지 이름 불리며
오늘도 피할 수 없는
더위를 맞이하듯
수많은 나를 맞이한다.

자전거

망가진 헌 자전거 버리고
새 자전거 사신 큰오빠는
닦고 또 닦는다
호기심 많은 막둥이
자전거 배우겠다고
겁도 없이 혼자 끌고 나갔지
비탈길에서 신나게
재미 붙이며 내려오다 그만
논두렁으로 곤두박질
까진 무릎보다
터진 입술보다
더 걱정인 건
부러진 자전거 살
덜덜 떨며 이실직고하는 막둥이에게
다친 데 없냐며 다독이던
큰오빠는 천사가 분명했다
그랬던 큰오빠 머리에
이제 하얗게
눈이 내리고 있다

중 년

단점이라고 생각해서
버리고 싶었던
그것들
보이고 싶지 않아서
포장하고 덮어놓았던
그것들
들키고 싶지 않아서
다른 것들로 가려놓았던
그것들
그런데
이 나이가 되어서
생각해 보니
그것들이 모두 나였어
그것들도 인해
내가 여기 있는 것을
비로소 알게 되었어.
이제 나를 감추지 않고
내 속에 있는 나를
자신 있게 드러내어
칭찬하고 다독여야지
그게 나야